Dear. ________________

소중한 당신이

오늘도

행복했으면 좋겠습니다.

기쁨은
어디에나
있어요

First published in the United States as:
REALLY IMPORTANT STUFF MY DOG HAS TAUGHT ME

This Korean edition was published by Chaek-Yeo-Se in 2022 by arrangement with Workman Publishing Co., Inc., New York through KCC(Korea Copyright Center Inc.), Seoul.

우리 가족만큼이나 '곰'을 사랑해준

크라우스 가족에게

책으로여는세상

단지

사랑스러운 개

그 이상이었습니다

어린 시절, 나는 더스티와 함께 자랐습니다.
더스티는 똑똑하지만 다소 산만한 보더 테리어였는데,
마을 도서관의 사서 아저씨가 우리 집으로 데리고 왔습니다.
아저씨는 더스티에게 함께 놀아줄 어린 친구들이 필요하다고 했습니다.
더스티는 장난꾸러기였지만 너무나 사랑스러운 아이였습니다.
활기찬 우리 가족에게는 그야말로 완벽한 반려동물이었지요.

그렇게 많은 시간이 흘러 나는 결혼을 했습니다.
아이가 생겼을 즈음 나는 지역 보호소를 찾아갔습니다.
그러고는 아주 에너지 넘치는 한 녀석을 입양했습니다.

1968년쯤 더스티와 우리 형제들

당시 네 살이었던 나의 딸 아냐는 녀석에게

'스모키 곰'이라는 이름을 지어 주었고

줄여서 그냥 '곰'이라고 불렀습니다.

그렇게 곰은 18년 동안 우리와 함께 그야말로 '시골개'로 살았습니다.

호저(몸에 길고 뻣뻣한 가시털이 덮여 있는, 고슴도치와 닮은 동물)와 뒹굴고,

산길을 오르내리고, 끈적끈적한 여름날이면

이웃집 연못에 풍덩 뛰어들어 더위를 식히면서 말이죠.

곰은 우리가 양떼 모는 일을 도와주었고,

코요테로부터 우리 집 닭들을 안전하게 지켜 주었습니다.

곰은 아냐가 자전거를 탈 때
옆에서 같이 경주하듯 달리는 것을 좋아했습니다.
또한 나룻배에 앉아 우리 아들이 낚시하는 모습을
지켜보는 것을 무척이나 좋아했습니다.
겨울이면 우리와 함께 썰매를 탔고,
꽁꽁 언 연못 위에서 같이 하키를 하기도 했습니다.
그때마다 곰은 하키채로부터 나를 '보호'한답시고
늘 내 앞에 서곤 했습니다.

그리고 언젠가 우리 집 건너편에 사는 어린 소녀가
사고로 휠체어에 갇힌 신세가 되자,
곰은 소녀의 친구이자 보호자를 자처했습니다.
덕분에 나는 종종 늦은 밤 그 집을 찾아가
소녀 곁에서 졸고 있는 곰을 집 밖으로 살살 유인해야만 했습니다.
물론 다음 날 아침 문을 열어 주면
곰은 곧장 소녀에게 달려가곤 했지만요.
곰은 분명 우리 가족의 사진첩만큼이나
소녀의 가족 사진첩에도 많이 등장할 겁니다.

딸 아냐와 곰

곰은 단지 사랑스러운 개 그 이상이었습니다.

곰은 우리에게 감사와 목적이 있는 삶,

행복한 삶을 사는 법을 매일매일 일깨워 주었습니다.

매일의 가장 평범한 일들, 예컨대 기분 좋게 햇볕 쬐기,

이따금 식탁을 긁어대기, 배를 신나게 비비기와 같이 사소한 일들에서

곰은 충분히 기쁨을 느꼈습니다.

그리고 누군가가 곰의 위로를 필요로 할 때면

곰은 본능적으로 그것을 아는 듯했습니다.

우리가 곰에게 가르친 것이라곤

그저 옆에 앉아 있기, (마음 내키면)발라당 눕기 정도였지만,

곰이 우리에게 가르쳐준 것은

훨씬 더 가치 있는 것들이었습니다.

독자 여러분들이 우리 곰의 모습을 보면서

혹은 당신에게도 그런 특별한 개가 있다면 그의 모습을 보면서

삶에 대한 소중한 영감을 얻을 수 있기를 바랍니다.

신시아 L. 코플랜드

"저는 알게 됐죠.
당신이 깊은 고민에 빠졌을 때
아무 말 없이 헌신적으로 당신 곁에 있어 주는
개와의 우정으로부터
당신이 그 어떤 것에서도 얻을 수 없는
무언가를 얻는다는 것을요."

-도리스 데이

| 차 례 |

chapter 1

기쁨은 어디에나 있어요

개는 우리에게 일깨워줍니다.

행복은 환경이 아니라

우리의 마음과 관련이 있다는 것을요.

개는 금방이라도 뭔가 멋진 일이 일어날 것처럼

하루의 모든 순간을

온전히 껴안습니다.

불완전하고 모자란 점들은 그냥 넘겨 버리고,

세상에 존재하는 옳고 좋은 것들에 대해 기뻐합니다.

심지어 개들은

지극히 하찮아 보이는 일에도

열정을 쏟습니다.

그리고 그들의 열정은 아주 전염성이 강하답니다.

"밖에 누가 왔어요!"

"와, 산책할 시간이에요!"

"내 공은 탁자 아래에 있다고요!"

개는

살아 있는 느낌표입니다!

“인생의 목적은

행복해지는 거예요."

-달라이 라마

중요한 건
꼬리를 잡는 게 아니에요.
꼬리를 잡으려고
'신나게' 쫓는 거지.

무엇이든

재미난 장난감이 될 수 있어요.

중요한 건 재미이지,

모양이 아니에요.

가끔은 사람들을

깜짝 놀라게 해 봐요.

사람들 눈이 휘둥그레지도록

꽥꽥 재미난 소리를 내 봐요.

“놀 줄 아는 것이야말로

행복한 재능이에요."

-랄프 왈도 에머슨

당신 자신을 향해

환하게 웃어 주세요.

누구나

머리가 엉망인 날이 있잖아요.

더 잘해야 한다는 생각,

더 높이 뛰어야 한다는 강박감을 버리고

그냥 신나게, 높이 뛰어 봐요.

결과는 어쩔 수 없어도

과정은 당신이 원하면

얼마든지 즐길 수 있어요.

봄, 여름, 가을, 겨울

모든 계절을 최대한 만끽해 보세요.

4계절이 있는 곳에서 태어났다는 것은

누구에게나 허락된 행운은 아니거든요.

하늘이 푸르른 날에는 밖으로 나가

신나게 달려 보세요.

비가 올 때는 비멍을 해 보세요.

정말 개 좋지 않나요?

알고 보면 정말로 근사한 것들은 모두가 공짜예요.
붉게 물든 하늘, 끝도 없이 푸른 바다,
보드라운 산들바람, 밤하늘의 빛나는 별들까지….
아무런 노력을 하지 않아도 그냥 주어지거든요,
마치 선물처럼요.

행복은 숨은그림찾기 같은 거예요.

살짝 숨겨져 있을 뿐, 어디에나 있어요.

"단지 마음의 속도를 조금만 늦춰 보세요.
행복이 당신을 따라잡을 거예요."

-리차드 칼슨

아이와 개가 함께 할 수 있는 놀이 3가지

***거품 놀이** : 아이가 거품을 날리면 개들은 신나서 쫓아간답니다.

***헨젤과 그레텔** : 아이가 길을 따라 간식을 숨겨 놓습니다. 그런 다음 개가 따라서 찾아오는지 보면 돼요.

***숨바꼭질** : 아이가 숨을 동안, 개는 앉아 있게 하세요. 개가 아이를 찾아내면 보상으로 간식을 주면 돼요.

개와의 우정이 인간에게 주는 선물

사랑하는 개와의 우정은 인간에게 많은 선물을 안겨 줍니다. 흔히 심리적인 위안만을 떠올리기 쉬운데요, 그렇지 않습니다. 개와의 우정은 우리 몸에서 생화학적 변화를 일으킵니다. 연구에 따르면, 사랑하는 개와 오랫동안 눈을 맞추거나 개한테서 오래 뽀뽀를 받은 사람들은 이른바 '기분 좋은 호르몬'이라고 하는 옥시토신의 분비가 활발해지는 것으로 나타났습니다.

그런가 하면 개는 우정을 넘어 그 이상의 것을 우리에게 안겨 주기도 합니다. 바로 사회적인 촉매제 역할인데요, 우리 인간들로 하여금 더 자주 밖으로 나가게 하고, 더 쉽게 사람들에게 다가가도록 도와줍니다.

실제로, 개를 산책시키는 사람들은 개가 없는 사람들보다 사회적 상호작용을 세 배나 더 많이 하는 것으로 밝혀졌습니다.

chapter 2

사랑은
명사가 아니라
동사랍니다

개들은 사랑을 느끼기만 하는 게 아니라
끊임없이 그리고 열정적으로 사랑을 보여줍니다.
우리가 쓰러지면 우리를 일으켜 세워주려 하고,
우리가 기뻐하면 우리와 함께 축하하지요.

개들은 오랜 친구를 친절하게 대하고,
새 친구에게는 열린 마음으로, 열정적으로 다가갑니다.

개들은 결코 애정을 아끼지 않습니다.

갑자기 마음이 바뀌어 사랑을 거두는 일도 없습니다.

끝까지 충성스러우며

깊고 한결같은 헌신으로

아무 조건 없이

우리를

사랑해 줍니다.

사랑하는 사람이 돌아왔을 때는

그게 십 분 만이든, 열 달 만이든

열정적으로 맞이해 주세요.

당신이 그에 대해 어떤 마음인지를

매일매일 그에게 일깨워 주세요.

의미 없는 타인들 말고

가장 소중한 사람 곁에 있어 주세요.

소중한 사람에게

작은 친절을 베풀 기회를 찾아 보세요.

아주 작디작은 친절한 행동이 중요해요.

작은 다정함은 생각보다 힘이 세거든요.

자고로 사랑하는 대상에게는

인내할 줄도 알아야 해요.

달달하기만 한 사랑은 없어요.

모든 사랑에는 에너지가 들기 마련이에요.

우정에 대해 너무 많이 생각하지 마세요.

그냥 믿어 주세요.

"누군가가 나를 믿어 준다는 것은
사랑해 주는 것보다 더 큰 찬사예요."

-조지 맥도날드

“인연이 된다면
새로운 사람에게도 다가가세요.

설사 모험이 될지라도요."

-엘리노어 루즈벨트

"개들은 자기를 필요로 하는 사람을 본능적으로 알아본답니다."

-톰 존스

가장 작고 약한 존재들을 돌봐 주세요.

친절과 사랑은 그러라고 있는 거잖아요.

다가가고, 손을 건네고, 어깨를 내어 주세요.
몸과 마음을 움직여 보세요.
왜냐하면 사랑은 명사가 아니라
언제나 동사거든요.

친절을 베풀 기회는 언제나 있어요

블레이클리는

오스트레일리아 셰퍼드로,

생후 8개월에 구조되었습니다.

구조된 뒤로는 신시내티 동물원에서

위험에 처한 새끼들을 돌보는 일을 도와주고 있습니다.

예컨대 어미를 잃고 고아가 된 왈라비(캥거루과 동물)나

박쥐귀여우 새끼가 외롭지 않도록 옆에 꼭 붙어 있어 주고,

오셀롯(고양이과 동물) 새끼가

그릇에 담긴 우유를 먹을 수 있도록 먹는 방법을 직접 보여주고,

자신이 맡은 임무 중 하나인 유모 역할에 열심인 블레이클리

한참 자라고 있는 치타 새끼와
온몸으로 레슬링을 하며 놀아 준답니다.
블레이클리는 마치
새끼들이 건강하고 행복하게 자라려면
저마다 무엇이 필요한지를
본능적으로 아는 것만 같습니다.

투밀슨과 호크아이의 우정

존 투밀슨은

미국 해군 특수부대원이었습니다.

탈레반 반군이 헬리콥터를 격추시켰을 때

사망한 미국인 30명 중 한 명이었지요.

투밀슨의 장례식이 시작되자,

깊은 슬픔에 잠긴 래브라도 리트리버 '호크아이'는

주인이 누워 있는 관으로 다가가더니

깊은 숨을 내쉬며 그 옆에 누웠습니다.

그러고는 한참 동안 그 자리를 떠나지 않았습니다.

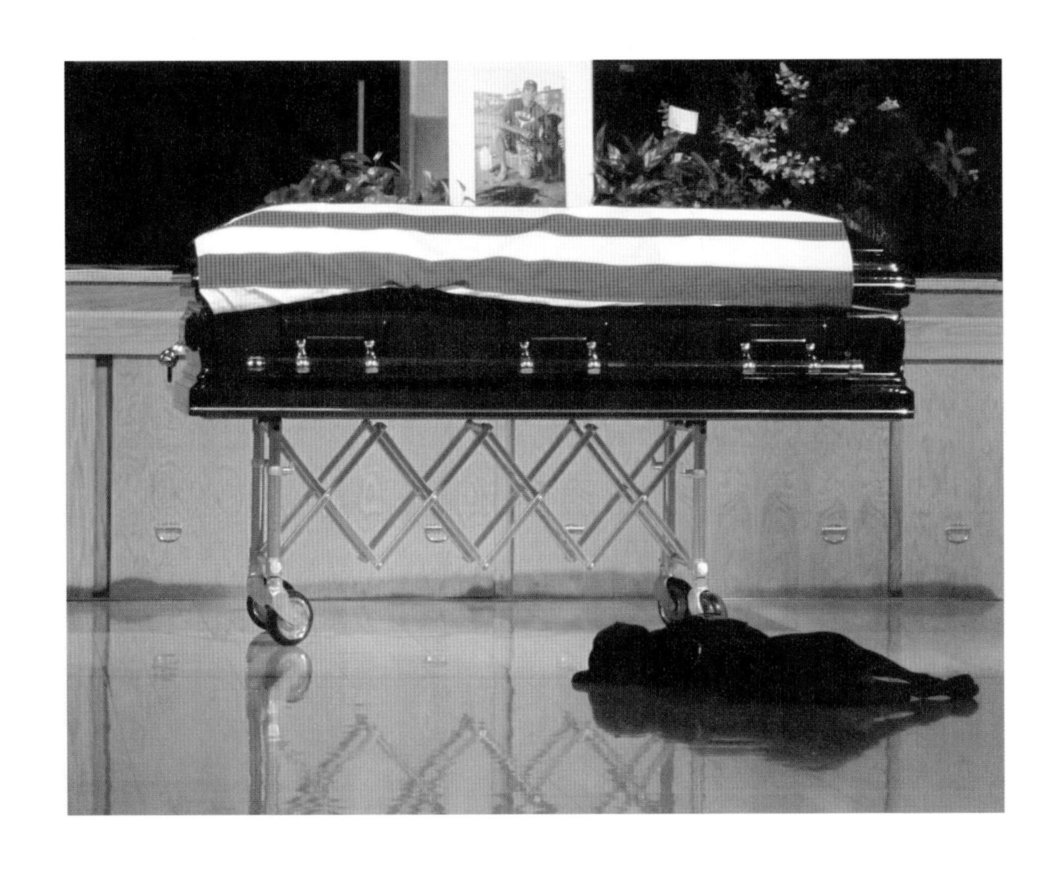

나라는 흥할 때가 있으면 쇠할 때가 있고, 전쟁은 이길 때가 있으면 질 때가 있고,

인생은 시작이 있으면 끝이 있기 마련입니다.

하지만 진정한 친구는 영원합니다.

-존 코롤럭

최고의 거래

2011년 브라질에서 산사태로

크리스티나 마리아 세사리오 산타나를 비롯해

많은 사람들이 죽었습니다.

리오의 주인인 크리스티나도 그 중 한 명이었는데,

리오는 주인이 묻힌 묘지를

한참 동안 떠나지 않았습니다.

우리는 개들과 되는 만큼 시간을 나누고, 되는 만큼 공간을 나눕니다.
그러면 개들은 그 보답으로 우리에게 자신의 모든 것을 내줍니다.
우리 인간들에게는 그야말로 최고의 거래인 셈입니다.

-M. 애클람

개와 집사가 함께 할 수 있는 의미 있는 일들

***헌혈하기** : 아픈 강아지들을 위해 반려견들도 헌혈을 할 수 있어요. 평생 피만 뽑히다 생을 마감하는 공혈견이 사라지도록 사랑하는 반려견과 함께 헌혈견 캠페인에 동참해 보세요.

- 헌혈견 조건 : ①18개월~8살까지 ②25kg 이상 ③매달 예방약을 잘 챙기는 건강한 반려견
- 헌혈 신청 및 문의 : 반려동물헌혈지원센터 & 한국헌혈견협회 (www.한국헌혈견협회.kr / 전화 : 031-585-2017)

***개와 함께 치료시설에서 봉사하기** : 개와 주인이 한 팀으로 치료시설을 방문해 보세요. 양로원, 병원, 수용시설에 있는 사람들의 마음을 북돋워 줄 수 있어요.

***선한 목적의 걷기 대회** : 반려견도 함께 참여할 수 있는 불우이웃돕기 걷기 대회나 달리기 대회에 참가해 보세요.

***보호소 동물 보살피기** : 보호소의 동물들이 입양되기 전까지 사람들이나 다른 개들과 좀 더 편안하게 지낼 수 있도록 도와줄 수 있어요.

***수색 구조대 훈련** : 훈련 프로그램을 마치고 나면, 위험에 빠진 사람들을 도울 수 있답니다.

chapter 3

인생을
재미있게 만드는 건
도전이에요

개들은 장애물을 만나면
참을성과 끈기를 갖고 그것을 기회로 바꿉니다.
온전히 그것에 집중할 때 무엇을 이뤄낼 수 있는지를
우리에게 보여주지요.
그 목표가 날아가는 공을 잡는 것이든
사랑하는 사람을 지키는 것이든 간에
개들은 놀라운 정신력과 결단력을 발휘하며
목표를 이루기 위해 열심히 좇아갑니다.
그 어떤 것도 개들을 낙담시키거나
그들의 열정을 꺾을 수는 없답니다.

원하는 게 있다면 표현하세요,

당당하게 하지만 상냥하게.

당신만의 목소리를

내세요.

들어 주길 원하다면

소리 내어 우세요.

그럼 그도 알게 될 거예요,

당신에게 필요한 건 따뜻한 눈길이라는 것을요.

공을 잡고 싶다면

공에서 눈을 떼지 마세요.

"배가 오지 않으면
배가 있는 곳으로 헤엄쳐 가세요."

-조나단 윈터스

찾는 걸 찾을 때까지

파고 또 파세요.

포기하지 않고 달리다 보면

생각지 못한 기회가 올 수도 있어요.

너무 앞서서 생각할 필요 없어요.

한 번에 하나씩만 넘으면 돼요.

그러다 보면 어느새 그곳이

당신 앞에 보일 거예요.

남들이 무시해도 개의치 마세요.

도전은 어디까지나 당신 자신과의 일이잖아요.

"싸움에서 중요한 건 개의 크기가 아니에요.

개에게는 싸움의 크기가 중요해요."

- 마크 트웨인

당신의 모습이 구차해 보인다고요?

아니요, 당신에겐 희망이 있잖아요.

분명 당신의 때가 올 거예요.

"원하는 걸 추구하지 않는다면
가질 수 있는 날은 절대 오지 않아요.
묻지 않는다면, 답도 항상 없어요.
당신이 앞으로 걸음을 떼지 않는다면,
항상 똑같은 자리에 머물러 있을 거예요."

-노라 로버츠

힘내요. 계속 가 봐요.

언제나 출구는 있는 법이니까.

최고의 것은 분명

기다릴 만한 가치가 있어요.

버텨요, 집으로 가는 길을 찾을 때까지!

메이슨은 테리어 믹스견으로,

2011년 앨라배마를 강타한

파괴적인 토네이도에 휩쓸리고 말았습니다.

메이슨의 가족들은 가슴이 아팠고

다시는 메이슨을 보지 못할까 봐 두려웠습니다.

그로부터 3주가 흐른 뒤,

가족들은 폐허가 된 집을 찾아갔습니다.

앞다리 양쪽에 깁스를 한 채 마당에서 쉬고 있는 메이슨

놀랍게도 현관 포치 왼쪽의 무너진 잔해 속에서

메이슨이 그들을 기다리고 있었습니다.

메이슨은 앞다리 두 개가 모두 부러졌는데도

그들에게 다가오기 위해

힘겹게 잔해를 뚫고 기어 나와 절름거리며

그들의 품에 안겼습니다.

무시해도 개의치 마세요

어느 날 파출소에 신고가 들어왔습니다. 이웃집 개가 자기 집 입구를 막고 2시간째 짖고 있다는 내용이었습니다. 경찰이 출동해 확인해 보니, 그 개는 보더콜리 믹스견으로 이름은 스니커즈였습니다.

경찰은 개 주인을 만나기 위해 집 안으로 들어갔습니다. 놀랍게도 집 안에는 주인인 그레고리 굴드가 의식을 잃고 쓰러져 있었습니다.

집 안을 둘러본 경찰은 스니커즈가 뒷마당으로 나가는 문의 유리가 깨질 때까지 몸을 던졌고, 유리가 깨지자 그 틈으로 나가 뒷마당 울타리를 뛰어넘은 다음, 이웃들이 파출소에 신고할 때까지 무려 2시간 넘게 짖었던 것으로 판단했습니다.

용기와 결단력, 두려움 없는 헌신을 보여준 스니커즈는
퓨리나 동물 명예의 전당에 올랐답니다.

겨우 한 달 전에 입양되었던 스니커즈의 노력이 없었다면,
그레고리는 살아 있지 못했을 것입니다.

chapter 4

가장
중요한 건
균형감이에요

많은 현자들은 행복한 인생의 비결을 균형이라고 말합니다.
적당한 음식과 휴식, 적당한 일과 놀이, 적당한 애정 등
모든 것이 충분함을 초과해서는 안 된다는 거죠.

쉼도 마찬가지입니다.
개들은 성취의 순간만큼이나
조용한 재충전의 순간도 소중히 여깁니다.
친구와 함께 따뜻한 햇살 아래 누워 있는 오후가
모험을 떠나는 시간만큼이나
개들에게는 똑같이 가치 있고 의미가 있는 시간인 거죠.

행복의 비결은 간단합니다.
달려야 할 때와 쉬어야 할 때를 아는 것입니다.

가끔은 낮잠 자고, 놀고, 먹고

낮잠 자고, 놀고, 먹고

그렇게 해 보세요.

산책할 기회를

절대 거절하지 마세요.

지금껏 숨 가쁘게 올라왔다면

이제는 풍경을 즐길 시간이에요.

좀 더 생산적인 사람이 되고 싶다고요?

그럼 일을 조금만 더 적게 해 보세요.

산에 오를 때는

산을 내려올 에너지를 남겨둘 줄 알아야 해요.

잘 달리는 것보다 더 중요한 것은

잘 멈추는 거예요.

브레이크가 고장 난 차는

누군가를 다치게 하기 마련이에요.

바쁜 일상 속에서 잠시 멈춰 보세요.

그리고 가만히 바라보세요.

"머릿속의 모든 생각을 비우고,

마음을 평화로이 하세요."

-노자

그리고 조용히

당신 마음이 하는 말에 귀를 기울여 보세요.

말하기가 은이라면, 듣기는 금이라잖아요.

당신 자신에게도 금 한 돈 해 주세요.

너무 바쁘고 조용할 틈이 없다고요?

단 1분이어도 괜찮아요.

깊이 심호흡을 해 보세요.

흠~~후~~~흠~~후~~~

깊은 호흡이 당신에게

훌륭한 브레이크가 되어 줄 거예요.

진정한 평온함이란
소란과 소동이 없는 것이 아니라
그 속에서 평화를 찾아내는 능력이랍니다.

chapter 5

적어도
나한테만큼은
내가 최고여야 해요

치와와는

'내가 리트리버라면 얼마나 좋을까'라며

시간을 허비하지 않습니다.

믹스견들도 순종견만큼이나

자부심을 갖고 살아가지요.

자신이 별로라는 느낌이나

자존감 문제로 힘들어하는 개는

세상에 없습니다.

개들은 자신의 가치를 매기기 위해
자기를 다른 개와 비교하지 않습니다.
자기 자신을 있는 그대로
소중히 여기고 가치 있다고 느끼지요.

개들은 주인을 정말로 사랑하지만
그만큼 자기 자신을
아끼고 사랑할 줄도 안답니다.

당신은 어떤가요?
있는 모습 그대로 자신을 인정하고
아껴 주고 있나요?

기억하세요.
누가 뭐라 해도 당신에게만큼은
당신이 최고여야 해요.

기다릴 필요 없어요.

같이 놀고 싶으면, 놀고 싶다고 먼저 말하세요.

그렇다고 놀아 달라고 할 때마다

죽어라 놀아 줄 필요는 없어요.

중요한 건 당신 자신이에요.

당신 자신이 기준이 되어야 해요.

"당신의 시간은 한계가 있어요.

그러니 다른 사람의 삶을 사느라 인생을 낭비하지 마세요.

용기를 갖고 당신의 가슴과 직감을 따르세요."

-스티브 잡스

공평하게 대해 달라고 말하세요.

그냥 양보해버리지 마세요.

정말로 이해가 안 간다면

절대로 이해한 척하지 마세요.

"당신의 강점은 남들과 비슷한 점이 아니라,

남들과 다른 점에 있어요."

-스티븐 코비

당신의 정당한 자리를 요구하세요.

무릎에 앉힐 만큼 귀엽지는 않다고요?

무슨 그런 섭섭한 말씀을!

"중요한 건 세상이 당신을 뭐라고 부르는지가 아니에요.
당신이 뭐라고 답하는가예요."

-W.C. 필즈

당신의 삶이 보잘것없었다고요?

그 때문에 당신의 미래까지 좌우되지는 마세요.

당신의 미래는 그것과는 별개니까요.

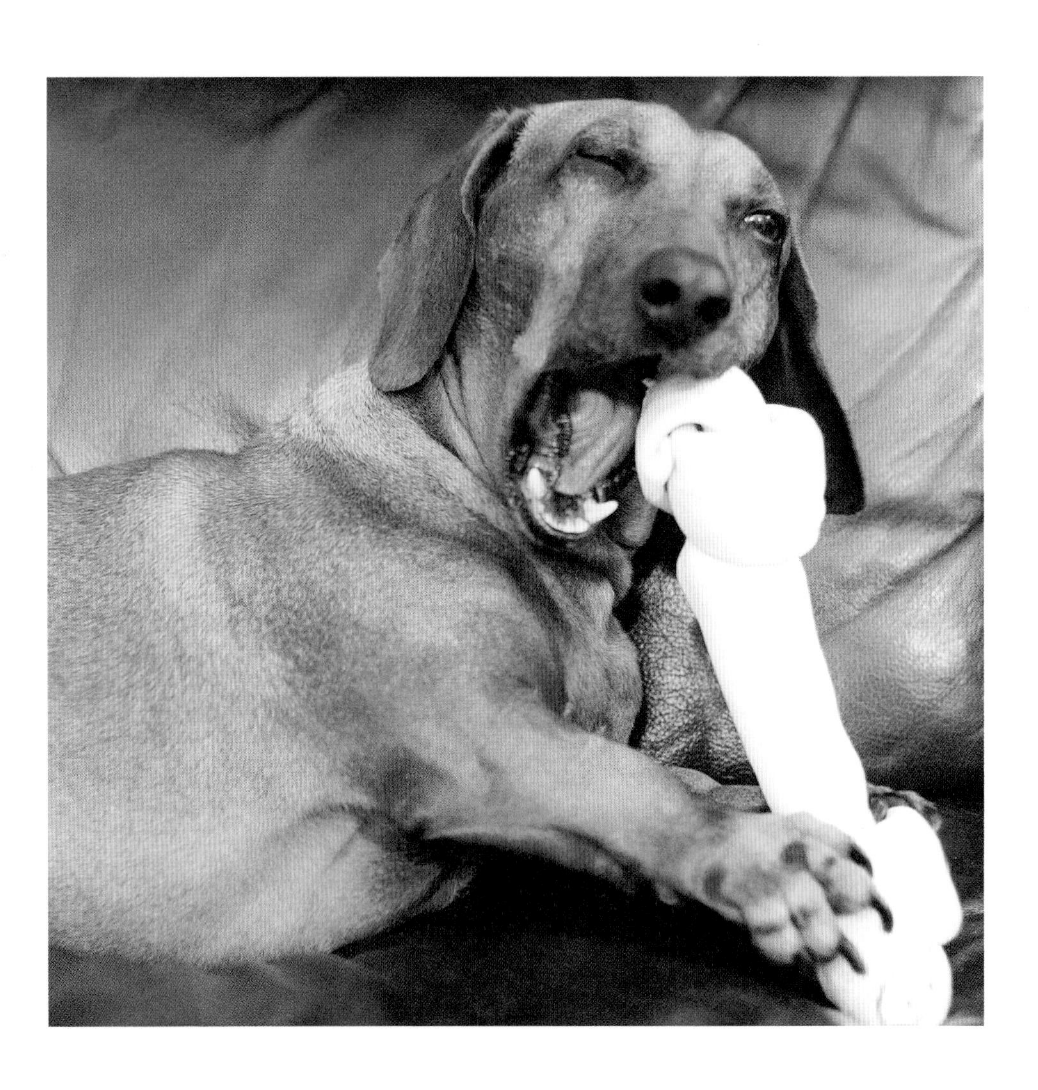

잘 챙겨 먹으세요.

당신 자신을 귀하게 대접하세요.

모든 위대한 것들에는

볼품없는 시작이 있었어요.

누가 뭐라 하든
지금 당신의 모습이 어떻든
상관없어요.

어떤 상황에서도 당신에게만큼은
당신이 최고여야 해요.

세계 정상에 우뚝 선 루피 🐾

에베레스트 베이스캠프에 공식적으로 기록된

최초의 개를 아시나요?

바로 루피입니다.

루피는 히말라야 기슭에 자리한 작은 마을의 쓰레기장에서 구조되었습니다.

조앤 레프손이 처음 루피를 발견했을 때

루피는 거의 죽기 직전이었습니다.

하지만 다행히 구조 후에 놀라운 회복세를 보였습니다.

그 뒤 루피는 새로운 주인과 함께 힘든 등반길에 올랐고

고작 열흘 만에 마칠 수 있었습니다.

루피는 히말라야에서 태어났기 때문에

무려 5,000 미터가 넘는 산에서도 고산병에 걸리지 않았습니다.

과거 루피는 쓰레기장에서 살았지만

지금 루피는 다방면에서 세계 정상에 우뚝 서 있답니다!

당신의 과거가 곧 당신의 미래는 아니에요

어느 날 경찰이 버팔로에서 마약상의 집을 수색했습니다. 그러다가 뒤쪽 베란다의 오래된 냉동고 안에서 검은 가방을 발견했습니다. 가방 안에는 온몸이 피투성이인 핏불 강아지 한 마리가 있었습니다. 개싸움에 이용되었던 이 개의 이름은 팝시클이었습니다.

팝시클은 발견 당시 굶주림으로 거의 죽기 직전이었습니다. 다행히 경찰에 의해 구조되긴 했지만 그 뒤 아무도 팝시클을 입양하려 하지 않았습니다. 하지만 팝시클의 이야기는 슬픈 이야기로 끝나지 않았습니다. 팝시클은 입양되지는 못했지만 보호소 한 직원의 도움으

파인애플 트럭에 교묘하게 숨겨진 마약을 냄새로 찾아낸 팝시클

로 마약 탐지견 훈련 프로그램에 참가하게 되었습니다. 그리고 그 프로그램에서 가장 똑똑한 모습을 보이며 당당히 1등으로 졸업했습니다. 그 이후 팝시클은 마약 탐지견으로서 미국 역사상 가장 유명한 개가 되었습니다.

chapter 6

삶의 단순한 기쁨들을 소중히 여기세요

우리가 개의 머리를 쓰다듬어 주거나 배를 문질러 주면
개는 그 보답으로 계속해서 고마움을 표현합니다.
개들은 고마워하는 것이 하나의 습관이고,
감사하는 것이 삶의 한 방식인 것만 같습니다.

개들은 누가 먹다 남긴 음식을 봐도
미식가가 만든 요리를 만난 것만큼이나 반가워하고,
쓰레기더미 속을 마치 그랜드 캐니언을 여행하듯
신나게 탐험합니다.
개들은 어떻게 그럴 수 있는 걸까요?

그 이유는

개들은 어쩌면 있을지도 모를 미래의 일에

짓눌리지 않기 때문입니다.

그래서 지금 내 앞에 있는 것을

온전히 즐길 수가 있는 것이랍니다.

혹시… 당신은 어떤가요?

평범한 순간들을 축하하세요.

특별할 것 없는 순간들을 기념하세요.

오늘 밥이 여지껏 먹은 밥 중

최고로 맛있는 밥처럼 먹어 보세요.

당신에게 밥을 차려 주는 이의 손을

따뜻하게 잡아 주세요.

따스한 햇살 한 줌을 만끽해 보세요.

시카고 동물 보호국에서 오래 기다린 끝에 마침내 입양되어 가는 길인 개의 실제 사진

얼굴을 스치는 바람을 느껴 보세요.

그냥 지금 이 순간을 즐겨 보세요.

나쁜 날씨?

세상에 그런 건 없어요.

작지만 확실한 기쁨들을
자주 자주 맛보세요.

왜냐하면
행복은 기쁨의 강도가 아니라
'빈도'에 있거든요.

'이 정도면 충분히 좋은걸.'

당신이 그렇게 생각하면 그걸로 이미 완벽한 거 아닌가요?

좋은 친구와 먹을 음식, 편히 머리를 누일 곳까지….

굳이 더 필요한 게 있을까요?

당신이 잃은 다리 말고

현재 갖고 있는 다리를 기억하세요.

"당신이 가진 것에 만족하세요. 있는 그대로를 즐기세요.
부족한 게 없음을 깨달을 때, 온 세상이 당신 것이랍니다."

-장자

서로가 서로를 구할 수 있어요

체스터의 4살 된 아들 루카스는

병으로 죽어가고 있었습니다.

산필리포 증후군이라는

불치성 유전 질환을 앓고 있었기 때문입니다.

이 병은 몸속의 설탕 분자를 분해하지 못하는 병으로

이 병을 앓게 되면

말하고, 걷고, 먹는 능력을 점점 잃어버리게 됩니다.

그리고 대부분의 환자들이

10~20세 이전에 죽는 무서운 병입니다.

체스터는 아들 루카스가
걷고 움직이는 것을 점점 힘들어하자
그를 도와줄 도우미견을 구하고자 센터에 문의했습니다.
하지만 도우미견을 구하려면 1,500만 원 이상이 필요했습니다.
게다가 센터에서는 루카스의 신체 기능이 더 악화될 것이기 때문에
도우미견을 보내 주기에 적합한 대상이 못 된다며 거절했습니다.

하지만 체스터는 포기하지 않았습니다.
유기견 보호소 홈페이지에 올라온 글들을 하나하나 살펴본 뒤
벨기에 셰퍼드 말리노이즈인 '주노'를 입양해
직접 훈련시키기로 했습니다.
주노는 며칠 뒤면 안락사를 당할 신세였습니다.

산필리포 증후군을 앓고 있는 루카스와 그의 가장 친한 친구 주노.

놀랍게도 주노는 훈련을 시작할 때부터
루카스를 돌보고 위로하는 것이
자신의 임무라는 것을 이해하는 듯 보였습니다.
심지어 본격적인 훈련을 받기 전이었는데도
주노는 루카스의 산소 포화도가 너무 낮아지자
체스터에게 이를 알려 주기도 했습니다.
그런 일이 한두 번이 아니었습니다.

지금 주노는 루카스의 가장 든든한 보호자이자 친구입니다.
덕분에 루카스의 건강도 많이 좋아졌습니다.
안락사를 당하기 직전에 루카스가 주노의 목숨을 구했고,
이제는 주노가 루카스에게 그 보답을 하고 있는 셈입니다.

정말로 고맙다면, 함께 나누세요

아를로는 장애를 지닌 닥스훈트입니다. 구조될 당시 길에서 몸을 질질 끌고 있었습니다. 아를로는 퇴행성 디스크 질환을 앓고 있었고, 허리 아랫부분이 마비되어 있었습니다. 만약 베티와 짐 베이커 부부가 아를로를 입양하지 않았다면 얼마 지나지 않아 안락사를 당하고 말았을 것입니다.

아를로를 가족으로 받아들인 부부는 아를로만을 위한 휠체어를 따로 주문해서 만들어 주었습니다.

아를로와 함께 지내면서 부부는 아를로에게 특별한 재능이 있다는 것을 깨달았습니다. 아들로는 다른 개들이 주지 못하는 위안과 격려를 사람들에게 안겨 주는 능력이 있었습니다.

베일러 재활 클리닉에서 환자들에게 용기를 안겨 주는 아를로

부부는 아를로를 베일러 동물 보조 치료 프로그램에 참여시켰습니다. 아를로는 재활 클리닉의 많은 환자들에게 깊은 영감을 안겨 주었습니다. 예기치 못한 사고로 생애 처음으로 휠체어를 타게 된 사람들과 휠체어를 거부하는 환자들이 아를로의 모습을 보면서 '저 개도 하는데….'라며 용기를 냈습니다.

아를로가 환자들에게 희망을 주고 용기를 북돋울 수 있었던 이유는 장애가 있지만 그와 상관없이 열정적으로 살아가는 아를로의 모습 때문이었습니다.

chapter 7

누군가에게
작은 힘이
되어 주세요

개들은 열정이 넘칩니다.

흥미로운 모험을 좋아하고, 무리 지어 다니며

함께 사냥하는 것을 아주 좋아하지요.

또한 개들은 다른 이들과 어울리는 것을 좋아합니다.

자기 주변의 누군가를 위로하고 보호하는 일을 좋아하며

문제가 생기면 문제를 해결하려고 노력하지요.

이것은 개의 크기나 기질과는 관계없습니다.

개들은 지금 이 순간에도

자신이 주변에 뭔가 도움이 될 수 있지 않을까 생각하며

주변을 살피고 기다립니다.

정말이지 개들은 열정을 위해 태어난 존재들입니다.

당신을 부르면

그에게 가 보세요.

손 하나만 보태 줘도

한결 수월할 때가 있잖아요.

당신을 필요로 하는 이의

곁에 있어 주세요.

그가 원하는 건 단지

당신과 함께하는 시간일지도 몰라요.

가끔은 누군가에게 기댈 베개가 되어 주세요.

당신도 그런 베개가 간절한 순간이 있었잖아요.

당신을 이곳에 이를 수 있게

도와준 사람을 기억하세요.

그리고 힘들어하는 이에게 작은 위로를 건네 보세요.

서툴러도 괜찮아요, 진심만 있다면요.

큰 걸 바꾸려고 할 필요 없어요.
당신이 서 있는 세상 한구석을
아주 조금만 더 따뜻하게 만들면 돼요.
당신의 친절한 말투, 따스한 3초의 눈맞춤
그것만으로도 그는 전혀 다른 세상처럼 느낄 거예요.

당신의 진짜 모습,

그것을 되찾기에 늦은 때란 없어요

데이지 메이는 한때 피를 흘리며 싸워야 하는

투견으로 살았습니다.

하지만 지금은 캘리포니아 산타 바바라에서

훌륭한 치료견으로 살아가고 있습니다.

데이지는 천성이 온화하고 사랑이 넘치는 개였지만

사람들에 의해 어쩔 수 없이 투견으로 살았을 뿐입니다.

하지만 지금은, 병원에 입원해 있는 아픈 어린이 환자들을

따뜻하게 위로해 주고 있습니다.

양로원 할아버지의 품을 파고든 데이지 메이. 데이지 메이와 함께 투견 농장에서 구조된 개들 대부분이 재활치료를 받은 뒤 사랑이 가득한 가정에 입양되었답니다.

양로원을 방문해서는
외로운 노인들의 품을 따뜻하게 파고들며
그들에게 말할 수 없는 위안을 안겨 줍니다.

데이지는 자신의 진짜 모습을
되찾았습니다.

사랑하는 이를 위해 가끔은 영웅이 되어 보세요

오마르 에두아르도 리베라는 시각장애를 가진 컴퓨터 기술자입니다. 그는 2001년 9월 11일, 세계무역센터 북쪽 타워 71층에서 일을 하고 있었습니다. 그때 갑자기 비행기가 빌딩으로 날아들었습니다.

시각장애인이었던 오마르와 그의 안내견 래브라도 리트리버 '살티'는 사투를 벌인 끝에 간신히 비상계단까지 갈 수 있었습니다. 오마르는 그곳에서 살티의 목줄을 풀어 주며 도망가라고 명령했습니다. 오마르는 자신이 살아 나갈 수 없을 것이라 판단했기에, 사랑하는 살티에게만이라도 살 기회를 주고 싶었습니다.

하지만 살티는 엄청난 공포와 뜨거운 불길 속에서도 오마르의 곁을 떠나려고 하지 않았습니다. 오히려 놀라운 끈기를 발휘하며 무려 70층 높이의 계단을 눈이 보이지 않는 주인을 이끌며 안전한 곳으로 안내했습니다.

오마르와 살티가 건물을 빠져나와 안전한 곳으로 몸을 피한 지 얼마 되지 않아 세계무역센터 북쪽 타워는 커다란 굉음을 내며 무섭게 무너져내렸습니다.

고귀하게 행동하세요,

비록 아무도 당신의 이름을 기억하지 못한다 해도 🐾

개 중에서 가장 용감한 개가 무엇인지는 거의 알려져 있지 않습니다. 미국 특수부대원들이 오사마 빈 라덴의 은신처를 급습할 당시 특수 훈련을 받은 폭발물 탐지견들이 함께했습니다. 탐지견들은 특수부대원들과 함께 블랙호크 헬리콥터에서 밧줄을 타고 하강해 임무를 수행했습니다.

군 당국은 빈 라덴을 체포하는 데 참여한 탐지견이 무슨 종인지 밝힌 적은 없습니다. 다만 군인들과 함께 작전에 가장 많이 투입되는 견종은 독일 쉐퍼드와 벨기에 세퍼드 말리노이즈라고 알려져 있을 뿐입니다. 두 종 모두 힘과 속도, 지능과 용기 그리고 아주 예민한 후각을 가지고 있답니다.

chapter 8

그냥
툭툭
털어 버려요

개들은 자신의 용서가 무리에게 더 유익하다면
용서하는 쪽을 택합니다.
무리에서 일어난 일을 개인적인 일로 받아들이지 않고,
원한을 품거나 억울해하지도 않습니다.
이것은 그 상대가 개든 인간이든 마찬가지인데요
개들은 갈등을 빨리 해결하고, 다시 앞으로 나아갑니다.

그 이유는
부정적인 감정을 툭툭 털어 버리고
더 행복하고 중요한 일에 집중하기 위해서입니다.

또한 개들은 자신이 용서를 받아야 할 상황이 된다면
자신이 그랬던 것처럼 우리 역시 그렇게 해 주기를 바란답니다.

어쩔 수 없는 일이라면

그냥 툭툭 털어 버리세요.

감정의 진흙탕에서 계속 뒹굴어 봤자

나만 더 더러워져요.

인생에는

붙잡아야 할 때가 있고

놓아야 할 때가 있어요.

그걸 알아야 해요.

가끔은 안쓰러운 마음을 품어 보세요.
'세상에 나쁜 개는 없다. 모두가 그저 배워 가는 과정일 뿐'이라고….

이번 생이 처음인 당신도, 그도

인생의 서툰 여행자들일 뿐이에요.

마음이 자꾸만 침몰하려 할 때는

밖으로 나가 일부러 몸을 움직여 보세요.

내일에 대한 조바심을 내려놓고

어깨를 활짝 펴세요.

"걱정이 내일의 슬픔을 비워 주지는 않아요.

오늘의 기운만 바닥나게 할 뿐이에요."

-레오 버스카글리아

어쩔 수 없는 일은 내려놓고

기분 좋아지는 일, 행복해지는 일을 해 보세요.

인생은

언제 막이 내릴지 모르는 연극과 같아요.

무대가 열려 있을 때

마음껏 즐기세요.

chapter 9

매일매일이
최고의
날인걸요

개들은 참으로 축복받은 존재입니다.

개들의 삶에는 군더더기가 없거든요.

개들은 '어제' 있었던 일에 대해 후회하는 일도 없고,

'내일'에 대해 조바심을 내지도 않습니다.

그저 '현재'를 열정적으로, 낙천적으로 살아가지요.

개들이 살아가는 세상은

인간들의 세상처럼 미쳐 있지 않습니다.

개들은 어디선가 흥미로운 냄새가 나면

열심히 그곳을 탐색하고,

새로운 친구를 만나면

멈춰 서서 반갑게 인사를 하죠.

개들은 자신이 뭘 원하는지를

분명히 알고 있습니다.

하루에도 몇 번씩 밖으로 나갔다가 들어왔다를 반복하고

점심을 먹고는 다시 신나게 수건을 당기며 놀지요.

개들에게는

숨겨진 의도도, 감춰둔 생각도 없습니다.

오라 하면 그냥 오죠.

상대방의 호의를 계산하거나

일부러 애정을 보류하는 일도

개들에게는 없답니다.

행복하니? 넵!

자책도 하니? …… 그게 뭔데요?

어서 배를 문질러 주세요.

이 순간 그보다 중요한 건 없다고요.

가려울 때, 가려운 곳을 긁어 줘야지
나중이 무슨 소용이에요.

보고 싶을 땐 보고 사세요.

굳이 참을 필요 있나요?

친구가 되고 싶다면 솔직히 표현하세요.

거절당해도 괜찮아요.

내일 일을 걱정하느라

오늘을 허비하지 마세요.

당신은 그저 오늘을 성실히, 기쁘게 살면 돼요.

그래야 내일이 편해져요.

"우리가 소유할 수 있는 건
지금 이 순간뿐이에요.
이 순간은
손바닥 위에 떨어진 눈송이와 같아요.
별처럼 반짝이지만
금세 녹아 사라질 거예요."

-마리 베이논 레이

chapter 10

우아하게
늙어
가세요

개들은 나이에 얽매이지 않습니다.

늙어 간다는 생각에 짓눌리지도 않지요.

우리 인간들은 지나간 세월을 후회하고

남은 날들에 집착하지만

개들은 그렇지 않습니다.

개들은 나이가 들어서도,

더 이상 할 수 없는 것이 아니라

여전히 할 수 있는 것에 초점을 맞추죠.

개들은 현재의 일에 대처하고, 적응하며,

즐겁게 꼬리를 흔들 만한 이유를 찾습니다.

자기가 몇 살인지, 얼마나 늙었는지를

절대로 계산하지 않는답니다.

가끔은 해맑은 아이처럼 신나게 놀아 보세요.
당신 안의 잠자는 어린아이를 깨워 보세요.

나이에 맞게 행동해야 한다는

의무감에서 벗어나세요.

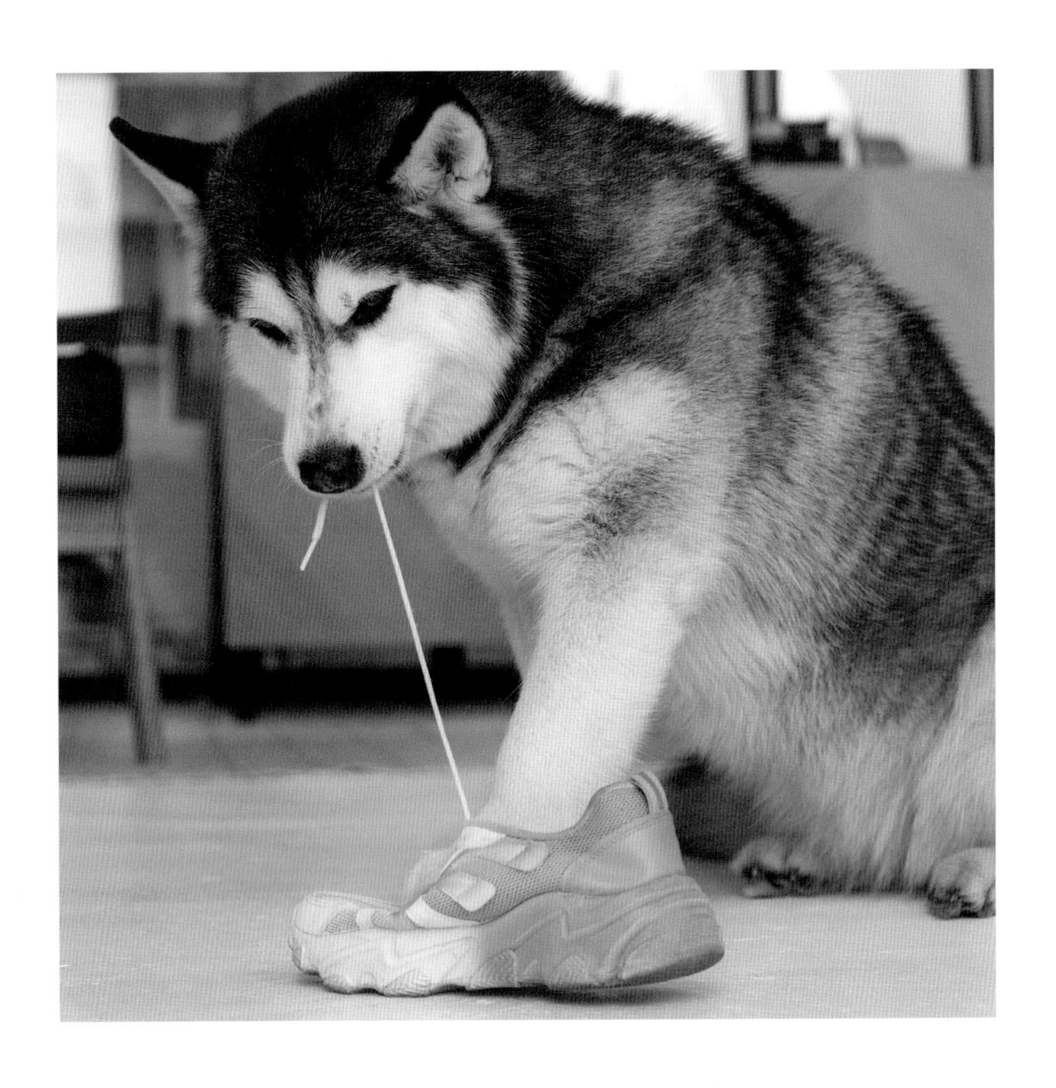

"새로운 목표나 새로운 꿈을 꾸기에

늦은 나이란 없어요."

-C. S. 루이스

오늘은 당신의 남아 있는 날들 중에 가장 젊은 날이자
살아온 날들 중에 가장 경험이 풍부한 날이잖아요.

주름이 늘었다고요?

괜찮아요, 사랑스러운 주름도 있는걸요.

주름 속에 담긴 것을 기억하세요.

당신의 수고와 추억들, 그 시간이 빚어낸 지혜를요.

젊음보다 더 예쁠 수는 없어도
더 근사할 수는 있어요.
당신이 기뻐하는 일들을 주름에 더해 보세요.
당신의 환한 웃음을 주름에 새겨 보세요.

'좋은 시절이 끝났구나….'
라며 슬퍼하지 말고
'좋은 시간들이 있었지….'
라며 웃어 보세요.

-닥터 세우스

그러면 지금 이 순간도
좋은 시간들로
바뀔 거예요.

시부야 역 오후 4시의 하치코

매일 오후 4시가 되면 우에노 히데사부로 교수는 도쿄 시부야 역에 내렸습니다. 그곳에는 언제나 그의 충실한 개, 아키타 하치코가 우에노 교수를 기다리고 있었습니다.

그러던 1925년 5월, 우에노 교수는 강의 도중 뇌졸중으로 쓰러져 그만 죽고 말았습니다. 그 사실을 알 리 없던 하치코는 다음 날에도 또 그다음 날에도 매일 오후 4가 되면 시부야 역으로 와 전철에서 내리는 승객들 사이에서 우에노 교수를 찾았습니다. 그리고 이 일은 무려 10년 동안 계속되었습니다.

하지만 하치의 사연을 알 리 없던 역 상인들은 하치코를 구박하고 내쫓기 일쑤였습니다. 그러던 중 아사히 신문에 하치코의 사연이 실

지금까지도 일본에서 충성심의 상징으로 남아 있는 개, 하치코

리게 되었습니다. 많은 사람들이 하치코의 사연에 가슴 아파하였고, 이를 지켜보던 역장은 안타까운 마음에 하치코를 위해 날마다 먹이와 물을 준비해 주기도 했습니다.

하치코가 죽기 1년 전, 시부야 역에는 하치코의 충성스러운 마음을 기리기 위해 하치코의 동상이 세워졌습니다. 그 뒤 1935년 3월 8일, 하치코는 심장사상충으로 생을 마감하며 그토록 그리던 주인의 품으로 돌아갔습니다.

"밭에서 힘든 하루를 보내고
완전히 지쳐버린 나의 늙은 개가
벽난로 앞 좋은 자리에 엎드려 있다가
내가 의자에 앉자
늙은 다리를 절름거리며 내게 걸어온다.
그러고는 내 무릎에 머리를 기대고
내 다리에 앞발을 올리고는
눈을 감으며 다시 잠을 청한다.
내게 이보다 더 눈물 날 것 같은 순간은 없는 것 같다.
내가 뭘 했기에 이런 친구를 얻게 된 건지 모르겠다."

- 진힐

Really Important Stuff My Dog Has Taught Me

기쁨은
어디에나
있어요

Warren Photographic p. 16; **age fotostock** : Heinz Endler pp. 102-103; Peter M. Fisher p. 144; Johner Images p. 108; Juniors Bildarchiv p. 26; R. Koenig p. 77; Adam Lawrence p. 22; Jose Luis Pelaez p. 55. **Alamy** : Larry Goodman p. 164; H. Mark Weidman Photography p. 74; Trinity Mirror/Mirrorpix p. 170. **ardea.com** : John Daniels p. 8. **Associated Press** : Steve Parsons/PA Wire URN: 9672876 p. 154. **Caters News Agency** : p. 137. **Cassandra Crawford/ Cincinnati Zoo** : p. 67. **Corbis** : Scott Sommerdorf/San Francisco Chronicle p. 176. **Uboldi Emanuele/ubO Photography** : p. 206. **Shaina Fishman** : pp. 20, 21, 198. **Fotolia ©** : Africa Studio p. 88(hot dog); hramovnick p. 162; Eric Isselee p. 100 (bottom left); K.-U. Habler p. 203; Kirill Kedrinski p. 100 (top left); Rita Kochmarjova pp. 34-35, 182; lunamarina p. 111; Michael Pettigrew p. 42; Alexandr Vasilyev p. 100 (top right). **Gerard Fritz** : p. 41. **Getty Images** : AFP pp. 71, 179; Janie Airey p. 89; Per Breiehagan p. 124; ©Brooke Anderson Photography p. 92; Cavan Images p. 204; Doug Chinnery p. 98; Compassionate Eye Foundation/David Leahy pp. 126–127; Connie Tameling Photography p. 46; David Conniss p. 24; CountryStyle Photography p. 143; craftvision p. 209; Neil Davis pp. 168–169; dewollewei p. 140; Dana Edmunds p. 82; John Elk p. 78; Tim Flatch p. 31; Jay Fleck p. 56; Fotosearch p. 152; Fox Photos p. 59; Larry Gatz pp. 52–53; General Photography Agency/Stringer p. 184; John Giustina p. 32; GK Gart/Vikki Hart p. 76; iztok noc p. 90; Rosette Jordaan p. 183; Jumpstart Studios p. 25; Keystone p. 24; Krit of Studio OMG p. 101;

David Livingston p. 194; Ariane Lohmar p. 88; Marcelo Maia p. 132; MariClick Photography p. 180; Matthew Wilder Photography pp. 146-147; Andrew Olney p. 114; Barbara Peacock p. 12-13; Lisa Pembleton p. 69; Tim Platt p. 87; Steven Puetzer p. 186; Valerie Shaff p. 128; Jayneboo Shropshire p. 149; Tim Kitchen p. 104; Tyler Stableford p. 81; SuperStock p. 222; Underwood Archives p. 129; Andrew Bret Wallis p. 63; Emery Way pp. 80, 208. **KimballStock** : Johan & Santina De Meester p. 84. **Leesia Teh Photography** : pp. 93, 120, 83. **National Geographic Creative** : Joseph Kotlowski p. 153. **Newscom** : Keith Beaty/ ZUMA Press p. 97; **Redux Pictures** : Alan Poizner/The New York Times p. 62. **Rex USA** : Richard Austin p. 36; Newspix p. 165. **Bev Sparks** : p. 116. **Jason Wallis** : p. 95. ©Warren Photographic: pp. 27, 199. **Paul Wellman** : p. 175.

Courtesy Photos: Rudy Carr : p. 139; **A. Clayton Copeland** : p. 8; **Cynthia Copeland** : p. 10; **The Chester L.Hembree family** : p. 158; Intermountain Therapy Animals: p. 166; **Mabel Rothman Collection** : p. 51. **Sarah Lauch** : p. 148; **Oak Hill Animal Rescue** : p. 161; **Wikimedia Commons** : p. 221. **freepik :** other pictures.

옮긴이 김선영

한양대학교 생물학과를 졸업하고 숭실대학원에서 사회복지 석사 학위를 받았다. 10년 넘게 출판기획자, 전문 번역가로 살고 있다. 그동안 옮긴 책으로 『오늘 당신의 아이를 안아주셨나요?』『건강하게 나이드는 법』『사랑도 치유가 필요하다』『고양이가 내게 가르쳐준 것들』 등이 있다.

개가 내게 가르쳐준 ★ 정말로 소중한 것들
기쁨은 어디에나 있어요

초판 1쇄 펴냄 2022년 12월 20일

지은이 신시아 L. 코플랜드
옮긴이 김선영

펴낸이 안동권
펴낸곳 책으로여는세상

출판등록 제2012-000002호
주소 (우)12572 경기도 양평군 강상면 강상로 476-41
전화 070-4222-9917 | **팩스** 0505-917-9917 | **E-mail** dkahn21@daum.net

ISBN 978-89-93834-62-8 03840

책으로여는세상
좋·은·책·이·좋·은·세·상·을·열·어·갑·니·다